Gérard Gauthier
Éditeur : Books on Demand GmbH
12, 14 rond point des Champs Elysées
PARIS, France
Impression : Books on Demand, GmbH
Worderstedt, Allemagne
ISBN : 9782322120499
Dépôt légal : Mai 2018
Tous droits réservés pour tous pays

Mes petites histoires à l'eau de roses

Gérard Gauthier

À ma femme, Lydie,

Les meilleurs moments de mes journées sont les instants où mon regard se pose sur toi. Si tu m'arrachais le cœur pour l'ouvrir en deux, tu apercevrais ton visage dans un bouquet de roses : je t'aime.

AMOUR —

J'ai jeté des cailloux blancs dans une mare d'eau trouble et ton visage m'est apparu en couleurs.

***

Cours Particulier

Comme une explosion d'étoiles venue de tes yeux, j'ai attrapé un coup d'amour au cœur.

Je danse sur nos souvenirs car tu as toujours été là pour mes peines et mes joies.

Aussi, le passé d'un drame que nous n'avons pas vécu nous a liés d'un trait d'union au plus profond de nous.

Tu as touché ma peau qui s'est colorée d'or, ta mémoire sera mienne, je ferai de nos souvenirs un feu de joie pour réchauffer l'univers.

Après nous, il y aura toujours une ombre bleue pour protéger l'amour des amants que nous avons toujours été.

***

Un Galet

Après avoir fait l'amour sur une plage de sable fin, c'est la main dans la main que nous avons cherché un galet sur lequel nous avons gravé nos prénoms.

La mer effacera les formes de nos corps et les traces de nos pas mais nous resterons unis pour toujours.

J'ai trouvé la vérité dans ton regard, tes baisers

m'ont indiqué le chemin à suivre, tandis que ton sourire me parlait d'amour.

Je ne fais plus de rêve puisque le plus beau, s'est réalisé le jour de notre rencontre.

Tu étais comme une aquarelle aux couleurs quelque peu diffuses, mon cœur battait devinant d'autres couleurs dans le tien.

Nous ne serons jamais riches mais ne manquerons de rien car notre amour sera le but de notre réussite.

Les années passeront sans qu'elles n'affectent notre passion l'un pour l'autre.

***

50 ans

50 ans après avec toi c'est toujours la même histoire d'amour, les années ont passé, mais pour moi c'est encore hier. Je t'aime.

***

Une Balade à la Butte

La main dans la main nous étions seuls en balade dans la prairie sauvage du comte de Chateaubriand.

Nue couchée sur l'herbe tendre, j'ai fait un lit de pétales de marguerites sur lequel tu t'es allongée.

Puis sur ton corps j'ai étalé des pétales de coquelicots, sur lequel je me suis couché pour te faire l'amour longuement de tous nos sens et dans tous les sens.

Lorsque nous sommes rentrés chez toi toujours la

main dans la main, sur ce chemin, une amie t'a demandé :
« Quel est le nom de ton parfum ? » Tu lui as répondu avec douceur en chuchotant « Pétales de Coquelicots ».

J'ai ouvert le creux de mes mains pour les respirer et j'ai senti ce mélange de parfums qui t'allait comme une deuxième peau.

***

Le Poète

Tout comme le poète, j'écris pour toi ma jolie brune. J'ai inventé un lit d'amour qui nous enlace au clair de lune.

Ton corps chaud, pressé contre ma peau éveil en moi un désir incontrôlé .

Bien au chaud contre tes reins je trouve l'amour, la paix et le réconfort.

Tandis que tes mains me bercent de mille caresses, mon esprit divague dans les méandres de ton corps.

Que devient notre amour lorsque l'ont dort ? Je n'ai pas d'inquiétude car je suis né pour t'aimer.

Que ce passe-t-il dans ma tête pour te dire sans cesse que je t'aime ?

Oui, j'ai des mots plein la tête pour ne parler que de toi, pour te dire sans problème que je ne vis que par toi et pour toi.

Dans ma mémoire j'ai aussi de belles images qui défilent. Parfois j'ai honte d'enfouir dans mes souvenirs les moments où j'ai joui de ton corps.

Ton Corps... Une image parfaite auquel je dois des instants inoubliables.

Que ce passe-t-il dans ma tête pour que sans cesse et

sans complexe, je t'écrive que je t'aime ?

Dans l'Au-delà... j'aimerai voyager et connaître avec toi le paradis. Pour te dire encore des «je t'aime».

***

Pendant des années j'ai, dans mon cœur, cultivé des violettes puis pour tes 18 ans je t'en ai offert un bouquet.

Il n'a pas fané, aujourd'hui encore il est à ton image tel que tu étais.

***

Des histoires à te fredonner

J'ai encore des histoires à te fredonner, des bleues, des rouges, des pastels et des multicolores.

Elles seront toutes à notre image, sages et parfois houleuses je garderais les plus sages en souvenirs comme la douceur de ton sourire et de ton regard, ta main guidera la mienne sur le chemin intime et chaudement humide de nos désirs.

Je finirais par me ranger derrière le contrôle de tes envies, savoir tout se dire rien que dans le regard, tout comprendre dans le silence de nos soupirs, seules mes mains gourmandent ne pourront se priver de la douceur de ta peau dont il est impossible de résister, sur ton corps je me nourris de caresses .

Comme un appel aux voyages vers l'univers de Cupidon Dieu de l'Amour.

***

Un jour d'Amour sans Fin

Mes doigts parcourent ta ligne de vie sur l'air d'un tango Argentin.

Nos mains se touchent puis nos doigts s'entremêlent avec force annonçant un plaisir nouveau.

Je te prendrais là, à même l'herbe tendre où nos corps ont chuté mollement y trouvant un confort

Aussi naturel que notre amour naissant, tu es belle et ta peau qui a l'odeur de la cannelle me fait chavirer.

Ton grain de peau est un message d'amour, seul dans mes rêves au fond de toi je m'invente des histoires d'amour que toi seule saura lire et interpréter, oui sur ton corps je danserai ce tango

Le seul qui sache interpréter les vas et viens de nos sentiments pour adhérer aux fibres de ta peau, comme les cordes d'un violon, dans ton corps, je m'inviterais comme dans un labyrinthe où l'amour se joue sur des notes de musique.

***

Avec toi, depuis notre rencontre la page de notre histoire est unique

C'est toujours le même jour qui recommence, encore et toujours de l'amour.

***

Pour Toi, j'effacerai...

J'effacerai de ma mémoire tous mes souvenirs d'enfance depuis que mon cordon fut coupé jusqu'au jour ou nos regards ce sont croisés.

J'effacerai de ma mémoire, ma première Blonde, jusqu'à toi ma première Brune.

J'effacerai de ma mémoire mon premier jour jusqu'à notre première nuit.

Je graverai d'or et d'argent le livre de notre histoire dont la reliure sera faite d'un fil d'Ariane.

***

Le Sable Chaud

Sur le sable chaud de nos vacances l'empreinte de ton corps est restée imprégnée.

Les vagues de la prochaine marée entraîneront les grains de sable sur la surface de l'eau ou ils brilleront comme des milliers d'étoiles

Pour enfin s'immerger dans les profondeurs de la mer, et ainsi ton image créera des murailles de corail.

***

Coup de Soleil

Le soleil est entré dans tes yeux
Pour inventer un arc-en-ciel
Posé sur un lit d'étoiles tu m'as offert ton Cœur
Le jour et la nuit tu seras mon soleil

Je me blottirai dans ses rayons
Pour y mourir d'un amour unique pour nous.

***

Pour te convaincre de mon amour j'aimerais que les petits mots que je t'écris caressent ton corps pour te coucher dans mes bras.

***

Tes Yeux

C'est dans ton regard que j'ai trouvé la paix, de ta main posée sur la mienne, j'ai rêvé d'un ciel et d'une eau pure.
Puis de ton corps nu, tu m'as entraîné sur les rives humides de nos nuits d'amour, où sont nées des histoires interprétées sur ton corps du bout de mes doigts en Braille.

***

C'était hier :
J'ai cultivé des perles avec de l'eau de Roses,
Ta bouche contre la mienne, ton corps en a le parfum.
Tes yeux fermés sur les miens les années ont passées
Mais pour moi, c'est toujours hier.

***

Pour toi mon Cœur est uni avec ton esprit,
Mais je n'existe que dans ton ombre.
Toi seule brillera au firmament,
Tandis que mes jours seront dans le noir pour l'éternité.

***

Le Doute

Je n'ai jamais douté de ton amour,
Un jour, tu m'as quitté pour ne pas m'oublier,
Puis tu es revenue pour ne plus me quitter.

***

Ma Déclaration

Mon Amour pour la Femme que j'aime, c'était un rêve d'enfant.

Trouver la Femme pour un amour à vivre, son image était présente à mon esprit depuis toujours.

Elle m'apparaissait, et disparaissait un temps, pour renaître comme par magie.

Je l'imaginais à mes côtés car j'avais des histoires à lui conter.

C'est à la Butte Rouge qu'a eu lieu le jour de notre rencontre je savais déjà ce que j'allais lui dire.

« Je lui dirai qu'elle est belle, que je l'attend depuis toujours, que pour elle j'ai fais le rêve parfait ».

Je lui conterai les jours vécus dans l'attente de la rencontrer.

Je lui dirai que je connais depuis toujours l'odeur et

la douceur de sa peau.

Je lui dirai que sa silhouette attire aussi le regard des autres et que j'en suis jaloux.

Je lui dirai que la douceur de sa voix n'a d'égale que celle de son regard.

Je lui dirai que son sourire sera la lumière de nos nuits, et le soleil de nos jours .

Je lui dirai que tout sera gaieté et légèreté qu'elle sera facile de joie et de vie, notre amour sera au couleur du ciel.

Les yeux fermés... Je lui dirai que j'apprécie la volupté de ses baisers, la douceur de sa bouche et sa langue au goût de miel.

Je lui dirai que mes mains parcourront les pores de sa peau au rythme d'une valse.

Je lui dirai que ses grains de beauté, sont comme des notes de musique.

Je lui inventerai un vocabulaire de mots d'amour qu'elle seule pourra comprendre.

J'apprendrai à me servir de mon corps, pour écrire sur le sien une histoire d'amour en braille.

***

Le soleil est caché derrière la lune, il ne me reste que les étoiles pour t'écrire des mots d'amour.

« Fais-moi danser dans ton corps sur un air de tango argentin jusqu'à la fin de nos jours ».

***

***

Comme les doigts d'un artiste sur les cordes de sa guitare, je jouerais avec les fibres de ta peau une mélodie sur laquelle j'écrirais des paroles d'amour.

***

Les yeux mi-clos je sens ton amour me prendre comme une mélodie jouée au piano sur un rythme de jazz, tous ces doigts qui pianotent sur nos corps enlacés, nous bercent dans un labyrinthe ou seul un fil d'Ariane brisé pourrait nous séparer.

***

Je savais qu'un jour je te rencontrerai, dans le vent j'entendais ta voix.
Sous ma peau, je sentais ton cœur battre et réchauffer le mien.
Tu es la Femme qui saura m'aimer, comprendre mes souffrances et essuyer mes larmes.
Je t'aimerai sur un lit de pétales de Roses pour en extraire un élixir et nous l'injecter en intraveineuse pour un amour aux couleurs planétaires.

***

Mon amour pour toi c'est un cadeau de Cupidon qui me ronge de l'intérieur.

Je voudrais vivre mille ans pour t'écrire des poèmes et des histoires d'amour.

Et ainsi t'offrir des bouquets de Roses rouges « immortelles ».

***

Sous un ciel bleu je t'ai dit les mots « bleus »
dans tes yeux « bleus » des mots d'amour en « bleu ».
emporté par les vents entre le ciel « bleu » et l'eau « bleue »
l'écho nous renvoie des poèmes en « bleus ».

***

Mon refuge

Ton Cœur est mon refuge, mon donjon, ma prison, la où je vis mes histoires d'amours,

Celles qui nourrissent mon esprit pour assouvir des rêves et des libidos inassouvies.

Je prendrai tes soupirs pour bâtir un mur et nous protéger des intrus.

Je serai le gardien de ton corps pour n'entendre que nos murmures et nos soupirs.

***

Les yeux mi-clos au cours d'un slow, accolés l'un à l'autre pour ne pas se perdre

Nos esprits divagues dans un rêve partagé et coloré sur un nuage aux parfums euphorique

C'est un instant magique que l'on voudrait éternel,
nos fronts reposent respectivement sur nos épaules
 Sans hésitation, nos pas emprunteront les mêmes chemins, ceux qui fleuriront nos nuits d'amours.

***

Mille graines

 Lorsqu'il faut mille graines pour faire naître des milliers de fleurs.
 La pétale d'une seule rose a suffi pour te faire naître à la perfection.
 Couchés sur un lit de pétales, je t'effeuillerai en récitant, « je t'aime, un peu, beaucoup, passionnément »

***

 J'ai toujours su te dire « je t'aime » mais je n'ai pas toujours su t'aimer.
 Pourtant lorsque ton esprit a guidé le mien dans le labyrinthe de tes sentiments,
 J'ai trouvé le chemin de ton Cœur, je pensais avoir tout compris.
 Mais il me manquais le principale : le silence...
 Pour moi, ton regard, ton sourire et tes silences suffisent aux mots.

***

 Des violons nous transportent sur un nuage de rêves,
 Nos corps transfusés en goutte à goutte, nous ferons

connaître des nuits d'amour sans fin.

Ton odeur et le grain de ta peau m'enivrent comme un verre d'alcool.

***

Sur un air d'accordéon en effleurant ma peau, tu as donné vie à nos Cœurs,

C'est ainsi qu'un amour est née pour danser toute une éternité.

Les yeux mi-clos nous avons écrit des histoires qui tournent et tournent, encore et encore.

Les valses lentes sont les plus belles pour écrire nos rêves.

***

Les images de mes rêves ont défilé comme des flocons de neige.

Pour y dessiner ton corps j'ai pris une goutte de ton sang pour tatouer ton visage sur ma poitrine.

***

Notre amour c'est comme un feu de cheminée qui crépite au rythme de nos cœurs dont tu ravives le foyer comme une œuvre d'art.

Si tu n'existais pas encore, j'attendrai que le soleil et le bleu du ciel absorbe la rosée pour te voir apparaître et fleurir .

Si l'argent ne fait pas le bonheur, notre amour nous a enrichis d'un souffle pour nous réchauffer.

Je ne pensais pas que l'amour ce pouvait être toi, l'amour au pluriel de chaque jours, de chaque nuits,

L'Amour dans notre inconscience, celui de notre jeunesse.

Celui qui ne s'exprime qu'avec des soupirs de plus en plus court,

Celui qui fait que nos mains sont toujours à la recherche de plaisirs nouveaux,

Celui qui aujourd'hui assagi, connaît la valeur des mots que l'on ne prononce plus,

Quant à nos caresses, elles sont gravées sur nos grains de beauté aussi nombreux que les étoiles.

***

Lorsque nos regards se sont croisés, mon cœur a murmuré un refrain sur lequel tu as écrit des paroles,

Plus tard j'ai appris à écrire des poèmes d'or et d'argent, pour que tu me pardonnes de t'aimer avec autant de passion,

Je n'ai aucun regret de ne plus faire de rêves puisque le plus beau s'est réalisé, le jour de notre rencontre.

Depuis je n'aime que toi.

***

Le jour où mes fleurs n'auront plus de pétales pour t'écrire des histoires.

Sur ton corps, je prendrai tes grains de beauté pour t'écrire une sérénade.

Que je graverai sur les pores de ta peau.

Il n'y a pas de rencontre « par hasard » que des rendez-vous écrits à l'encre de l'Amour.

***

Comme le chanteur, moi non plus, je n'ai pas eu de ballons rouges,
Mais j'ai trouvé des violettes que j'ai conservé dans mon cœur pour un jour te les offrir, aujourd'hui avec leur pétales
Je t'écris des mots d'amour.

***

Je ne te chanterai pas l'Amour, mais te le ferai vivre quotidiennement.

***

Tu sais que si tu venais à me quitter, pour moi ce serait la fin du monde,
Tu auras les anges et moi l'enfer pour t'écrire des messages te suppliant de me revenir.
Bravant les tempêtes et les guerres, j'irai te chercher dans l'infini.
Mon fil d'Ariane sera le seul espoir dans le labyrinthe de mes souvenirs.
C'est dans la brume et le sable que la mer te fera renaître afin de finir ensemble notre histoire d'amour.

***

Sur un air de tango, tu glisses entre mes bras,
À chacun de mes pas qui me mènent vers toi,
Tu m'échappes pour te rendre encore plus désirable.

***

Du bout de mes doigts je jouerai une valse sur ton corps, pour que tu me dise des « je t'aime »

***

C'est dans ton regard que j'ai ouvert les yeux où je n'ai vu que de l'amour,
Je m'y suis blotti pour me protéger du mal.

***

Tout nous opposait, seul notre essentiel devait nous unir.

***

Du bout de mes doigts, je caresse les pétales de ta peau, si quelques unes sont tombées,
De nouveaux boutons de roses naîtront, pour te fleurir à l'infinie.

***

Lorsque tu es amoureuse tes yeux me racontent les histoires d'amour à venir,
Je suis impatient jusqu'à l'instant fatale ou je succombe sous la douceur de tes doigts.

***

Avant toi… tout était floue, c'était « le vague à l'âme »

Je n'attendais que toi lorsqu'une mélodie emprisonna mon esprit

Ton image m'apparut pour fleurir chacun de mes instants.

***

Quand je suis dans ton univers, tes murmures sont des chants de cigales.

***

Tes yeux brillaient dans les miens pendant que mes mains pianotaient sur ton corps, pour y jouer une valse lente, afin de nous unir en secret.

***

Pour te protéger et te garder auprès de moi je ferai de mes rêves, un manteau de velours.

***

Au fond de tes yeux, j'ai vu un soleil qui tournait au centre d'un millier d'étoiles, il sera le nôtre, celui qui toujours nous réchauffera.

***

Sur l'air d' « Oblivion » joué par Tony, je ferme les yeux pour mieux imaginer ton corps qui ondule entre mes bras,
Mes mains sont impatientes de toucher ta peau dont la douceur me fait rêver à mille choses.

***

Avec mes mains, sur ton corps j'ai fait le tour du monde,
Sur la douceur de ta peau, j'ai écrit des chansons d'amour aux rythmes de tes soupirs,
Comme ceux d'une valse qui sont pour nous une invitation à la méditation.

***

Lorsque sur le sable chaud, tu laisses l'empreinte de ton corps les grains de sable sont
Emportés par la marée, puis mutés (transformés?) en coraux afin fleurir les profondeurs de la mer.

***

Le 31 mai 2018 c'est notre Anniversaire, 50 ans de mariage
Sans toi, ma vie aurait été un bouquet de roses sans couleur et sans parfum, juste avec des épines.

***

C'est un mois de Juillet que notre amour est née,
Tu m'as offert tes dix-huit ans nous étions plein d'amour,
Aujourd'hui, rien n'a changé juste un peu de nostalgie
Pour nos libertinages insouciants pleinement vécus.

***

De notre amour, quelques pétales ont fané pour laisser la place à la passion et à un amour hypnotique.

***

Ton regard, c'est comme un ciel qui couve nos baisers,
Ton regard, c'est comme la pluie qui nous lie quand on s'aiment.
Ton regard, c'est comme la lune qui excite nos corps pour un instant d'amour.

***

J'ai fait des ronds dans l'eau, j'ai aperçu ton ombre elle était en couleur.
Dans ce miroir j'ai volé ton image, pour te garder avec mes souvenirs d'Enfant.

***

Lorsque ton regard est de braise mon cœur prend feu, les pores de ma peau vibrent,
Comme mes cordes vocales pour rythmer notre amour.

***

Avec toi, nos rêves sont devenus une réalité, tu as scellé dans nos cœurs un amour éternel,
Qui tels nos bouquets de fleurs ne peuvent plus faner...

***

Pendant mille ans, j'ai cueilli des étoiles pour en faire un bouquet,
Puis je t'ai attendue pour te couvrir de leurs pétales,
Depuis, tu fais briller tous ceux que tu aimes.

***

Nous oublierons pour toujours les jours sombres ou nous n'étions pas ensemble.
Comme des violons qui jouent une musique d'amour,
Nous fêterons ce jour où nous avons embarqué sur le bateau de l'amour.
Sur le pont ou le vent se jouait de tes jupes et faisait apparaître tes cuisses de velours satiné,
Je les flattais de caresses en remerciant le ciel de t'avoir faite aussi belle et parfaite.
Notre amour se jouera de nos corps comme une mélodie exempte de paroles,
Nous nous comprenons que par des soupirs toujours insuffisants.

Sur un air de valse lente, c'est la complicité de nos corps,
Je sens battre nos cœurs au rythme d'un amour naissant.
Nos mains qui, pour accompagner nos pas, ne doivent pas se quitter.
Elles sont impatientes de parcourir nos corps enlacés l'un contre l'autre.

***

Tes grains de beautés sont des notes de musique sur lesquelles je pianote pour rythmer le va et vient de nos corps unis dans un slow ou l'amour est notre seule raison d'être.

***

Quand je cauchemarde que tu me quittes, une éponge ne suffirait pas pour essuyer mes larmes.

***

Comme une abeille, j'ai butiné ton amour pour ne rien partager, et pour te rester fidèle j'ai tout effacé de ma mémoire.

***

Les images de mes rêves ont défilé comme des flocons de neige sur une toile de coton où j'ai dessiné ton corps.

***

Mon cadeau de noël c'est toi, ma lumière c'est toi,
Mon soleil c'est toi, mon chemin c'est toi,
Mon seul amour, c'est toi.

***

Nous sommes en accord avec nos Cœurs et nos Corps, pour des Amours en Cœur à Corps

***

Tu danses sur les mots d'amour que j'écris pour toi, et moi je rêve de chanter avec ton Corps.

***

Tu étais sur le chemin de ma vie alors je t'ai offert un bouquet de violettes,
Puis nos mains se sont unis pour compter les pétales des violettes.

***

J'ai dans ma mémoire la douceur ton regard qui ressemble à une île où tout parait possible,
Bercée par le flux des vagues, tes soupirs ont accordé nos cœurs pour toujours.

***

Couchés dans l'herbe, quand tu parles d'amour, les paroles que tu murmures sont des pétales de fleurs parfumées à l'eau de roses.

***

Tes silences m'ont appris des mots d'Amours que je ne peux lire que dans tes yeux,
Tout comme dans un livre dont les pages tournent comme un manège enchanté.

***

Lorsque des colombes en or survoleront notre univers d'amour,
Nous serons les messagers des Cœurs solitaires pour qu'ils se prennent par la main.

***

Il y a un million d'années la planète était vierge, un ange a semé des graines de fleurs,
J'ai cueilli la plus belle, depuis je compte les pétales de ton corps.

***

Dans ton regard il y a des mots d'amour qu'un ange t'a offert pour les destiner à ceux que tu aimes.

***

Avant toi, tout était gris, sombre, brumeux, il n'y avait pas de projets, pas d'espoirs ni de rêves

Puis tu m'es apparue : ton regard ensoleillé, ton sourire protecteur, la douceur de ta voix

Tout était rassurant et prometteur, nos mains se sont touchées pour dégager une chaleur euphorique et des parfums érotiques,

Nous avons joué avec nos corps et des plaisirs inconnus nous ont plongé dans un sommeil de rêves.

***

J'aime tourner les pages de ton livre pour revoir ton sourire et ton amour,

Dans tes yeux, tu écris nos histoires ou dans mes rêves,

J'ai besoin de toucher ta peau pour ne pas me sentir Orphelin de ton Corps.

***

Lorsque mes mains caressent tes cheveux, ton souffle court et mes yeux levés au ciel,

J'aperçois dans les nuages des mots qui parlent en silence de notre amour,

De retour à la réalité les yeux mi-clos, je suis cristallisé dans l'attente de renaître

***

Sur les arbres d'une forêt je graverai ton nom
Enraciné sur un tapis de feuilles mortes
J'écrirai mon amour avec des gouttes de sang
La mort peut venir, pour toi, je lui survivrai.

***

Je suis jaloux

Je suis jaloux des regards qui te scrutent avec désir, de ceux qui en secret rêvent de toi sans te connaître.

Lorsque sous ta douche, de cette eau qui s'écoule sur ton corps,

De cet étranger qui en silence, te convoite, de ceux que tu aurais pu aimer à ma place.

De ce parfum qui pénètre ta peau,

De ce miroir que tu regarde tout les jours

De ce vent qui s'infiltre sous tes mini-jupes.

De l'oiseau, qui, perché sur sa branche te charme de sa mélodie.

De ce rêve érotique, qui à mon réveil, me laisse orphelin de ton corps.

***

Comme une chrysalide posée dans le creux de ma main, c'est d'un souffle chaud que je te fais éclore pour enchanter notre univers.

Unis, nous serons pour le pire et le meilleur en apesanteur pour engendrer nos héritières.

Tour à tour, comme un trait d'union, elles nous transmettront des messages d'amour qui forgeront les bases de notre vie.

***

Mon Amour

Sur ton corps, j'ai écrit des mots et des notes de musique pour l'éternité d'un amour qui nous ressemble.
Lorsque le soleil illumine nos nuits c'est de ton visage dont je rêve, tu es la Femme de ma vie,
La beauté de ton âme est égale aux parfums de ta peau qui a les odeurs exotiques de la cannelle et la noisette.
Mes rêves caressent ton corps, il n'y a pas une seconde de libre dans mon univers qui ne te soit réservée.
Je ne crains rien de ce qui peut arriver, même pas tes doutes, mon amour est le plus fort.
Nous sommes unis par un fil d'Ariane qui retrouve nos chemins dans le labyrinthe de nos sentiments.
Avec ton sourire tout est facile, tout est résolue sans haine, il n'y a que de l'amour pour tous.
Si tu venais à me quitter, je choisirai d'être aveugle pour ne garder que ton image en mémoire.

***

Et moi dans mon coin

Accolé au mur comme une ombre, au son d'une musique de jazz, je suis le complice involontaire de celui qui, sans complexe te courtise avec audace et inconscience, il est sous ton charme.

Adossée dans ton fauteuil assise face à lui, il aimerait te prendre la main, mais ma présence lui impose cette réserve de ne pas le faire.

Ton visage s'illumine, tes yeux brillent de plaisir et de complaisance pour des mots que je n'entends pas, je suis frustré.

Le plaisir de te voir dans cette euphorie m'empêche de rompre le charme, il est beau, tu es belle et pourtant, je souffre.

Tout en sachant que je suis prêt à l'accepter comme ami, ce courtisant concurrent inévitable est envieux de celle que j'aime par-dessus tout, je suis le seul à le comprendre parce que tu es née pour nous plaire, à nous les hommes.

Ton charme, ta beauté l'ont déconnecté de la réalité, le désir étant le plus fort il semble ignorer ma présence.

Malgré ça, mes jambes rythment la musique de ce vinyle, un jazz de volupté sexy, joué au saxo : j'apprécie ce moment de plaisir, le tien, le vôtre, le mien.

Ce jazz-blues vous invite à esquisser quelques pas de danse, la tête légèrement posée sur son épaule tes yeux fermés, il semblent que tes pensées sont pour lui ou peut-être pour les souvenirs de ta jeunesse, je m'interdis de t'en vouloir, tu es trop belle dans la joie du moment vécu, j'aime ce plaisir de te regarder, il me plaît de vivre des moments comme celui-là.

Les jours suivants, tu te transformes, ton maquillage est plus précis, tes jupes de couleur plus courtes et plus légères, laissent apparaître la longueur de tes jambes magnifiques soutenues par des talons plus haut que d'habitude.

Ton sourire éclatant, ta chevelure noir et bouclée au

naturelle, voltige entourant ton visage toujours d'une discrète couleur mate, souvenir d'un bronzage héréditaire, tes lèvres d'un rouge éclatant sur tes dents blanches comme de la neige, tu es radieuse et ta joie me comble de bonheur.

Nos nuits d'amour sont plus sauvages tu es sans retenue, exigeante, c'est le feu dans nos corps, le tien le mien, sans cesse jusqu'aux petits jours c'est merveilleux, si c'est le prix à payer pour nous rassasier ainsi, pourquoi pas.

Ton amour ne se partage pas, nous serons les seuls bénéficiaires de tes rêves, car je sais que tu me resteras fidèle.

Son audace à lui est comme une perfusion, la solution pour moi de soigner la maladie et la jalousie d'amour dont je suis atteint .

Enfin, tu seras libre le jour où avec lui tu te tromperas, j'attends avec une espèce de joie maligne ce jour de liberté qui te sera donné.

Je reste dans mon coin imaginant le pire sachant que si un jour tu viens à me quitter, ce serait pour moi la fin du monde.

Si tu me restes, je serai délivré de mes craintes et sûr que ton amour pour moi sera toujours le même, mon cœur arrêtera ses plaintes.

Ainsi, nous aussi sur des airs de jazz-blues nos corps enlacés, ta tête posée sur mon épaule, nos mains s'inviteront à des caresses furtives et empressées, nos vêtements épars, c'est ainsi que nos jambes fléchiront sur le sofa de l'amour.
Invité par tes soupirs, je reconnecterai ton corps au mien, notre amour ainsi pimenté se révélera au firmament des couleurs et des étoiles dont nous avons inventé les couleurs.

***

Ce qui fait la force d'une Femme, c'est ce qui paraît être sa faiblesse.

La force d'un amour c'est aussi parfois sa faiblesse.

J'ai laissé mourir des mots d'amour dans ma mémoire, comme un orphelin j'ai pleuré sur des nuits d'amour inachevées.

Je jouerai du violon avec ton corps pour que tu me dises des "je t'aime".

Quand tu n'es pas là je suis perdu avec des mots qui m'enchaînent à toi.

***

Sur ma poitrine, côté cœur un tatouage gravé à l'encre de ton sang.

Une rose, la fleur qui correspond au signe de la balance dont tu es.

Cette fleur saigne des souvenirs nostalgiques d'amours vécus de façon éphémères.

La main dans la main le long des chemins fleuris des quartiers de notre jeunesse.

La nostalgie de baisers tendres et des flirts sans lendemain qui faisaient battre nos cœurs d'une secrète liberté.

Puis ce fut notre rencontre qui a balayé comme un cyclone tout ce qui nous à précédé. Nous nous sommes unis pour faire un long chemin.

Parfois ma mémoire refait le parcours de nos ballades qui étaient toujours à la recherche d'une intimité secrète pour nos caresses pleines de promesses et pour une vie d'amour et de tendresse.

Lorsque j'ai cueilli cette fleur pour te l'offrir, mes nuits ont vu le jour pour l'éternité.

Tes parfums m'enivrent comme un alcool fruité aux goûts d'érotisme.

Mes mains ont filtré le nectar de ta peau pour me l'injecter en intraveineuse : tu seras pour toujours « ma came ».

***

Lorsque ton corps fragile comme le nacre d'un coquillage s'offre à moi.

Je suis emprunté comme un enfant devant sa première glace à la vanille.

Je ne sais pas par qu'elle bout te déguster.

TENDRESSE —

        J'ai cueilli une Rose qui m'a chanté ton prénom.
        J'ai peint les pétales qui ont pris la forme de ton visage.

***

        Voir ton visage et ton corps puis imaginer le reste pour la vie entière,
        La main dans la main nous marcherons sur des pages blanches,
        Pour écrire notre histoire d'amour en lettres de couleur.

***

        Devenu addict de ton amour j'ai eu peur que les années trop longues fissures nos sentiments,
        Finalement je suis dans le livre de tes souvenirs où je revois mes rêves des nuits d'amour toujours trop courtes.

***

        Sur le sable chaud de nos vacances où ton corps s'abreuvait du soleil, tu as laissé l'empreinte de ton corps,
        Je l'ai prise en photo pour, cet hiver, la regarder afin de toujours avoir en mémoire la beauté de ton corps,
        Elle fera partie de mes favorites sur lesquelles mes souvenirs surferont comme des vagues,

Pour ne pas t'éveiller, je caresserai tes formes d'un regard feutré.

***

Pour me reposer, j'irai de l'autre côté de tes pensées secrètes.
Les yeux fermés j'écouterai battre ton cœur dont les notes ont la couleur des étoiles,
Le vent fera des vagues sous nos corps pour les unir à jamais,
De ton souffle court, tu m'enverras un mail imagé de mots étranges.
Mais je ne garderai que la douceur de tes pensées, et la copie de ton tatouage d'amour.

***

Sur un pas de danse langoureux aux douceurs et parfums de rose,
Blottis l'un contre l'autre, je te guide sur les pas d'un amour certain,
Ce rythme lent et plein de tendresse sera parfois fébrile et hésitant.
Notre amour sera béni et auréolé d'une couleur rose.

***

Les plus belles fleurs finissent toujours par faner, mais ton Cœur restera un bouton de rose.

***

    Si les verres de mes lunettes sont teintés, ce n'est pas uniquement pour me protéger du soleil,
    Mais de ceux qui ne savent pas lire dans mes yeux, alors que d'autres pourraient y lire nos secrets.

***

    La rose, ce parfum d'amour te ressemble, tu es le shoot que je m'infiltre en intraveineuse dès le matin au petit-déjeuner.

***

    Je prendrai ma boîte de peinture à l'eau et ton corps comme un chevalet pour t'écrire des mots d'amour en couleurs...

***

    Les larmes de tes yeux qui s'écoulent sur mon corps, font germer des mots d'amour.
    Ils fleuriront au printemps, afin de te conter les secrets que je cultive pour toi.

***

    Tes sourires sont des rayons de soleil qui fleurissent comme des notes de musique.

Lorsque tu pleures pour ceux que tu aimes, des larmes de rose coulent sur ton visage de pétales.

***

Ce qui fait la force d'une Femme, c'est ce qui paraît être sa faiblesse.
La force d'un amour c'est parfois, aussi sa faiblesse.
Je ne pourrai vivre que si je te tiens la main.

***

Mes pensées ou mes Rêves

Je suis dans un rêve, celui de mon enfance et la naissance d'un amour perdu avant qu'il ne soit fécond.
Il restera comme un fœtus inachevé, longtemps je serai insensible aux coups de cœur qui font mal.
J'éviterai les blondes ou les brunes dont les sourires m'inviteront pour des flirts sans lendemain.
Ce rêve perdu dans l'univers de milliers d'étoiles, le Poète me dit : « avec le temps va...» puis il s'en va, sans en dire d'avantage...
Sous la pluie et le vent qui m'enveloppent d'une chaleur humide et inconfortable je vais à ta rencontre.
J'attendrai que le chagrin de ma solitude se comble d'un amour à venir, ce sera toi.
À mon réveil, je tiens entre mes doigts un fil d'Ariane qui m'enchaîne aux souvenirs.
De tes parfums et de ta peau lisse comme des gouttes d'eau.

***

La Sieste

Le repos sans amour, c'est mon corps qui attend les larmes de tes yeux pour faire germer des mots qui fleuriront afin de te conter les secrets que je cultive pour toi.

Quand j'entends le silence de tes mots, je sais que ton amour ne se conte pas : il se cultive dans le terreau naturel de tes sentiments.

Tu restes mon livre secret celui que je voudrais ouvrir, lire tes mots et écouter tes paroles pour être rassuré, mais tu entretiens le mystère comme un fruit qui se mérite.

Parfois, tu daignes te dévoiler quelque peu juste pour entretenir mon impatience et comme une abeille t'abreuver avec délice des douceurs que l'on se réserve.

Tu es la seule qui fait jouer les fibres de ma peau d'un accord parfait.

Sur le nuage de ton corps je plane et j'aime à rêver que tu aimes aussi le mien.
Dans un décor musical de harpes et de cuivres, nous sommes transportés dans l'univers mystérieux des amours où la fête de la musique a été inventée pour nous...

***

C'est sur l'air de « Procol Harum », qu'attiré vers toi pour danser ce slow, je t'ai prise dans mes bras.

Les paroles que je ne comprenais pas n'avaient aucune importance.

Les yeux fermés, seule la musique et l'odeur de ton parfum m'envoûtaient.

C'était un rêve millénaire que nous étions en train de

vivre, juste pour quelques minutes.

Ce rêve que nous voulions renouveler, nous a unis pour l'éternité.

Nous n'avons prononcé aucun mot, uniquement nos yeux qui, d'un flash, on tout dit.

Lorsque nous quitterons cette terre, nos esprits s'uniront de nouveau dans cet univers étoilé.

C'est au cours de mes errances, que j'ai eu la chance de te rencontrer.

Je t'écrirai une véritable histoire d'amour que nous vivrons tous les jours

Nous aurons plusieurs jours de bonheur pour multiplier nos vies,

Elles serons fleuries de ta Rose préférée chaque pétales aura ton visage d'ange,

Tu es la Femme, la vraie, celle qui ne s'oublie pas, qui m'est indispensable pour être heureux.

***

Chérie, après 50 ans de mariage, lorsque ton regard se pose sur moi, je me pose encore des questions.

***

Reçois ce bouquet de Roses dont chaque pétale ressemble à ton visage.

***

Je profite de ton sommeil pour, de mon regard, voler ton image et ainsi passer mes nuits à faire de beaux rêves.

***

Lorsque ton regard se pose sur moi, j'entends des mots d'amour.

***

Les mots qui se bousculent dans ma tête sont l'écho de tes paroles d'Amour. Tes doigts sont la soie, tes lèvres, le velours.

***

Le jour le plus long, c'est celui que je n'ai pas encore vécu avec toi.

***

Tôt le matin, le silence me parle de toi, mon esprit trouve les mots d'Amour pour nous deux.

***

La douceur de ton regard n'a d'égale que celle de ta peau.

***

Été comme hiver, le jour et la nuit, avec toi, j'ai toujours le soleil dans la maison

***

Pour certain après un désir assouvi, il n'y a plus d'Amour, le mien sera éternel.

***

Quand je rêve que tu me quittes, je meurs, de te voir le matin au réveil, je renais.

***

Aujourd'hui la pleine lune illumine mon esprit pour trouver les mots justes afin de te séduire jusqu'à la prochaine lune.

***

PASSION —

    Au bout d'un chemin qui nous mène à une prairie vierge, les mots d'amour que tu prononces sont les paroles d'une chanson,
    Qui stimulent mon impatience de découvrir ton corps que je devine généreux.
    Tes mains ont guidées les miennes sur un chemin de volupté, je parcours ta peau dont les grains semblent être des gouttes de rosées les yeux fermés, les mains jointes comme pour une prière
    Je hume tes odeurs de vanille, pour me délecter de ta liqueur d'amour.

***

    Au rythme des battements de mon Cœur, j'entends l'écho de tes soupirs qui me rappellent nos moments d'intimité,
    Ceux-ci éveillent en moi une réaction corporelle qui m'incite à te retrouver dans l'urgence du moment,
    Avec douceur, je palpe le satiné de ta peau pour t'apporter une chaleur nourrissant l'amour.

***

Tu es le livre de notre histoire d'amour dont toi seule peut en ouvrir les pages, parfois tu me permets d'en lire quelques lignes,
    En ces moments de grâce, je ne résiste pas pour ouvrir les parenthèses que ton corps m'inspire,

Au fil de mes caresses, tu ajouteras des baisers qui refermeront les pages et ainsi protégeront notre histoire.

***

La nuit a été agréable auprès de toi, le calme de nos corps est rempli de passion.
Le matin, lorsque notre baiser matinal nous dit « bonne journée », dans tes yeux je devine que d'autres rêves se réaliseront.

***

SDF j'étais : les clefs tu m'as données pour m'inviter dans l'intimité de ton Corps. Je l'ai squatté pour l'éternité.

***

Au rythme d'un paso-doble nous ne sommes unis que par nos mains, je crains que tu ne disparaisses.
Je rêve que tu es légère comme l'air, je t'accompagne dans ce moment de volupté d'un accordéon où seules nos mains nous s'unissent.
J'ai peur, oui j'ai peur de perdre pied dans un dédale de sentiments
Où se mélange la douceur et l'envie de te prendre sauvagement,
Sur ce paso-doble où l'amour semble nous unir et qui parfois nous éloignent, je suis perturbé.

***

Les yeux fermés, j'aime la balade de tes doigts sur mon corps, ils sont la complainte de l'Amour,

Des frissons saccadés rythment mes rêves, je suis happé par cette douceur circulaire.

J'appréhende la fin de tes confidences corporelles ou les pages de notre histoire s'écrivent à l'encre du bonheur couché l'un contre l'autre,

A ce moment précis, les jours et les nuits ont la couleur du soleil dans tes yeux.

« Nos corps l'un sur l'autre signeront la fin de cet instant pour, de nouveau, le réécrire éternellement »

***

Couchés dans l'herbe fraîche, nous sommes à l'écoute des paroles érotiques que je fredonne sur ton corps.

Mes doigts qui pianotent sur tes grains de beauté nous révèlent des sensations encore inconnues.

De ta bouche entrouverte s'échappe une mélodie aux notes d'argent.

Comme le son d'un violon, un vent léger pénétrant effleurant notre peau rythme nos pulsions.

Nous garderons secrètes nos vibrations intimes.

***

Comme une grappe de raisins dans le creux de ma main, mes yeux regardant un nuage, je te dégusterai grains par grains, je distillerai ses parfums pour en faire mon élixir d'amour avec lequel je me saoulerai pour satisfaire mes rêves et mes envies de toi.

***

Sur l'air d'une chanson douce, les yeux fermé, mes mains recherchent les tiennes pour un voyage,
Où nos « je t'aime » seront aussi nombreux que les étoiles dans l'univers.
Mes caresses sans interdit par ton corps sauront le parcourir. Afin que chacun frémisse d'un plaisir insoupçonné.
Quand nos nuits d'amour sont finies, je suis orphelin de ton Corps.

***

Inconsciemment, plongé sur un nuage de couleurs qui reflètent nos images floutées,
Je suis noyé par tes parfums, je cultive nos odeurs imprégnées par le contact de notre corps à corps.
Perdu dans l'immensité d'un bonheur privilégié, tes yeux ressemblent à des étoiles dont les notes de musique sont parsemées de touches d'ivoire sur lesquelles je pianote pour accompagner nos hymnes à l'amour.

***

Je voudrai être le vent qui s'infiltre sous tes jupes, afin de caresser à l'infinie la douceur de ta peau nacrée.

***

Lorsque pour nous à l'accordéon, Tony joue « Oblivion » si nos années sont passées trop vite, notre amour à toujours 20 ans.

Pour ne rien oublier nous avons fait l'amour sur les notes de son CD

Ainsi, nos cœurs sont en rythme et en « accor... déon ».

***

Volage comme un papillon bleu tu as été butiner quelques fleurs étrangères à notre jardin d'amour

Insatisfaite de ces parfums inconnus, c'est d'un vol furtif que tu es revenue avec un amour nouveau.

***

Tu es la seule qui fait jouer les fibres de ma peau d'un accord parfait.

Sur ton corps je plane et j'aime à rêver que tu aimes aussi le mien.

La douceur de tes doigts parcourt les fibres de ma peau, je suis sur un nuage de coquelicots.

Dans un décor musical de harpes et de cuivres accompagnés par des violons d'or,

Nous sommes transportés dans l'univers mystérieux de l'amour

Où la fête de la musique a été inventée pour nous.

***

Couchés l'un contre l'autre, nous récupérons d'un excès de luxure

Où le silence n'était perturbé que par nos souffles courts.

Les yeux fermés, je suis dans les étoiles où je cherche ton corps pour l'aimer encore.

Je ne serai rassasié que lorsque qu'un soleil de glace me rafraîchira.

***

Le chanteur dit : combien de temps encore ? combien de temps à vivre de ton amour ?

Moi je dis : mon pays c'est ton corps où tu m'a invité quelques instants qui ne font que durer.

L'éternité sera mon but et pour atteindre celui-ci, j'ai squatté ton corps d'amour.

***

Les valses qui tournent dans nos têtes et nos Cœurs nous mènent dans un tourbillon d'intimité.

Leurs parfums s'unissent au rythme de cet accordéon qui nous transporte en spirale faite d'unisson,

Ils ne font qu'un, jusqu'à la nuit, où, couchés sur un lit de touches d'ivoires,

Mes yeux humides de larmes ont flouté ta silhouette,

Tu m'apparais posée sur un nuage de soie où nos corps s'imprègnent l'un de l'autre.

***

Lorsque ton regard brille, les pores de ta peau pianotent comme des touches d'accordéon,

Sur le rythme d'un paso-doble, ton corps passe et repasse devant moi dans une ondulation érotique.

Je t'emmène dans mes rêves les plus fous, où je passerai mes nuits les yeux ouverts pour ne plus te quitter.

***

Quand tes yeux brillent de mille feux, mon Cœur bat d'arythmie...

***

Aimer à perdre la raison... pour toi, je me suis perdu sans raison mais toujours avec passion.

***

Rêves et réalités

J'ai rêvé de mots que toi seul peux m'inspirer, je n'ose te les conter que dans l'intimité des instants réservés à nos étreintes toujours trop courtes pour nos corps jamais repus de caresses et de soupirs.

Les yeux mi-clos, le parfum de ta peau m'enivre d'un désir incontrôlable, mes mains sillonnent les contours de ton corps, le galbe parfait de tes seins, la courbe de tes hanches, ton entrecuisse qui mène à ta corolle étoilée, centre de tous mes désirs.

Je suis concentré et quelque peu hésitant, mes mains tremblent de crainte de ne savoir t'offrir des instants inoubliables, j'ai peur de te décevoir, que ton sexe ne se dérobe, déçu par mon inexpérience.

Nos corps apprennent à se connaître, l'un comme l'autre, nous sommes attentifs à nos gestes caressants espérant un plaisir réciproque, je me sens consumé dans un nuage de poésie, je n'ose pas ouvrir les yeux de crainte que ce rêve ne disparaisse, pourtant je prends ce risque, tu es si belle à regarder dans l'Amour, tes yeux à demi-fermés sur tes longs cils, tu protèges ton regard du mien, tu sembles dormir comme une image que j'aurais gagnée à force de t'avoir attendu toutes ces années,

Tu es ma récompense et non pas mon jouet, je me dois de te savourer comme un bon fruit, celui de l'Amour, et te procurer les instants de jouissance que tu mérites.

Lorsque tu jouis de mon Amour, ton corps dégage les senteurs des herbes de Provence, tes gémissements sont des chants de cigales bercées par le flux et reflux des vagues.

Ta peau granulée comme une chair de poule frissonne au contact de mes caresses,

Je sais que je suis accro de ton corps et toujours en manque de lui, les mini-jupes que tu portes découvrent tes longues jambes qui m'inspirent des moments toujours plus intimes, j'imagine ton sexe protégé juste d'un petit slip de dentelle sur lequel il me suffirait de souffler pour le faire tomber, et ainsi libéré, je profiterai de ta courte jupette pour caresser le satiné de ta peau.

Je ne te laisse pas de temps, parfois je me dis que tu pourrai te lasser de mon comportement incontrôlé.

J'ai conscience de mon attitude, mais ton corps est ma drogue je ne peux vivre sans te toucher, sur toi mes caresses sont les vaccins de mon Amour.

Je veux profiter de tous ces moments, c'est notre seule richesse, notre seule liberté, pouvoir s'aimer tout le temps n'importe quand et partout où bon nous semble.

J'aime te prendre au cours d'une promenade les soirs d'été sous un porche à l'abri des regards, ou encore les soirs de pleine lune sur une pelouse embaumée par cette odeur agréable d'herbe fraîchement tondue, il me semble qu'à ce moment-là, nous communions pleinement avec la nature et que de ce fait notre acte d'Amour est béni.

Un jour, ces moment-là ne seront que des souvenirs pour nous, mais moi je continuerai de rêver à ton corps et de nos plaisirs consumés, ils seront gravés dans ma chair autant que dans ma mémoire, lorsque mon corps ne pourras plus satisfaire à tes désirs, pour toi je coucherai des mots d'amour que j'emporterai au paradis des Amoureux.

**

J'ai besoin que tes mains parcourent mon corps pour que naissent les envies que je te réserve.

Mon amour pour toi est un voyage sans retour dans les antres de ton corps,

Des auréoles aux couleurs de l'arc-en-ciel parfument les pores de notre peau,

Lisses comme des parchemins sur lesquels s'impriment à l'encre rouge,

Les portraits de nos héritières, pastels uniques de notre univers,

Que j'observe d'un regard exalté, noyé dans l'extase.

***

Lorsque j'ai cueilli cette fleur pour te l'offrir, mes nuits ont vu le jour pour l'éternité.

Tes parfums m'enivrent comme un alcool fruité aux goûts d'érotisme.

Mes mains ont filtré le nectar de ta peau pour me l'injecter en intraveineuse. Tu seras pour toujours ma « cam »...

***

Notre amour c'est une histoire qui s'écrit sur le parchemin de ta chair

Le seul vêtement qui te sied, c'est celui de ta peau nue que tu ne dévoiles qu'avec parcimonie,

Pour nourrir mes désirs fous qui seront au rendez-vous lorsque ton regard brillera,

Le feu dans nos veines, les braises de notre amour se consumeront pour mieux se répandre dans notre mémoire, comme des cendres de paillettes d'or.

***

Quand j'entends le silence de tes mots, je sais que ton amour ne se conte pas, il se cultive dans le terreau naturel de tes sentiments.

Tu restes mon livre secret celui que je voudrais ouvrir, lire et je souhaiterais entendre des paroles pour être rassuré,

Tu entretiens le mystère comme un fruit qui se

mérite après la saison d''hiver.

 Parfois tu daignes dévoiler une partie de ton corps, juste pour entretenir mon impatience et comme une mante religieuse, tu t'abreuves avec délice des douceurs que l'on se réserve.

***

 Des nuits étoilées pour des amours en feu, nous trinquons à la santé de Cupidon, Fils de Vénus et Dieu de l'Amour pour que nos corps, tels des pyromanes, réaniment nos sens.

 Le nu est le seul vêtement qu'il nous convient d'avoir pour des caresses lumineuses.

 Perdus dans les étoiles nos corps sont à leur image : millénaire...

***

 J'ai gardé en réserve des mots d'amour dans ma mémoire.

 J'ai aussi pleuré sur des nuits d'amour inachevées.

 J'ai toujours des "je t'aime", au bout des doigts pour faire chanter les fibres de ta peau.

 Une auréole nous protège de la foule qui nous entoure,

 Nus, comme une peinture, je pincerai la pointe de ton sein

 Pour jouer du violon avec ton corps afin que tu me dises des "je t'aime",

 Quand tu n'es pas là je suis orphelin des mots qui m'enchaînent à toi.

***

Lorsque je mets des mots sur tes soupirs, tes histoires sont érotiquement volages.
Lorsque je mets de notes de musique sur tes histoires, tes soupirs m'entraînent dans tes secrets.

***

Couleurs Pastels et Parfums d'Amour

Allongés sur notre couche, tes cheveux noirs étalés pour faire un fond d'écran à ton visage serein et halé par le soleil.

Tes yeux mi-clos me cachent leurs couleurs verte et parfois bleu.

Ta bouche esquisse un petit sourire de satisfaction, ton corps réchauffé par les rayons du soleil dégage une douce chaleur moite et envoûtante.

Les grains de beauté parsemés sur ton corps sont autant de fleurs cultivés par ton Cœur, ton corps frémis lorsqu'il perçoit la douceur de mes mains parcourir ta peau dont les pores s'illuminent de milliers de couleurs Roseline.

Les yeux fermés pour t'aimer, ton corps absorbe le mien comme une mante religieuse pour prendre le meilleur de moi-même et le réserver à de futures procréations.

Tu as pour tous le regard de l'Amour et parfois je crains de te perdre, mais la douceur de celui-ci posé sur moi me rassure.

Je sais que le jour le plus long c'est celui que je n'ai pas encore vécu avec toi.

La douceur de ta voix se reflète dans ta grâce, ton

sourire s'illumine comme les rayons du soleil pour étinceler de milliers d'étoiles ton regard.

De nos vacances, ton corps a gardé les souvenirs de nos étreintes, à chacune d'elle, tes murmures de satisfaction et de plaisir ressemblent aux flux et reflux des vagues rythmés par le chant des cigales, au moment de ta jouissance ton corps dégage les odeurs du sable chaud du thym à la citronnelle et du romarin, tu réunis toutes les senteurs de la garrigue qui te font chanter.

Dans mon esprit, une auréole opaque aux couleurs pastel de l'arc-en-ciel se diffuse comme si j'avais fumé, mais point de cela, je suis shooté à l'amour de ton corps, tu es ma came.

La chevauchée de celui-ci, le choc, la violence de nos sexes, rythme l'hymne de toutes les chansons d'amour dont la plus belle qui à été écrite pour nous, est : «Je vais t'aimer»,

Comme dans un rêve leur fusion humide s'abreuve de l'élixir de nos parfums liquéfiés... Je plane, je distille ton auréole pour, d'une étreinte, féconder tes entrailles et ainsi faire de nos Filles les plus beaux « pastels » contemporains de cette planète d'Amour.

***

"Oblivion" et notre Amour…!

Le bruit de tes pas qui résonnent s'en va quelque part dans l'ombre des rues de cette ville et, pour ne pas te perdre, je suivrai ton ombre.

J'oublierai les gens qui se séparent pour te retrouver seule dans ce bal musette où des accords d'accordéons y jouent notre mélodie favorite juste pour nous deux, d'un accord-à-corps, elle nous entraîne à danser joue contre joue, ensemble nous oublierons les gens qui se séparent enrobés dans des larmes de brume.

Le temps semble écourter le compte à rebours des nuits où, lorsque tes doigts parcourent ma ligne de vie, tout devient flou, je n'oublierais jamais notre amour.

Ce soir je ne rentrerai pas seul à la maison, je te prendrai par la main pour t'accompagner sous un clair de lune vers les quais du bord de Marne, cet endroit à l'odeur toute particulière de l'amour.

Le clapotis de l'eau qui claque contre la coque des bateaux nous invite aux voyages, nous prendrons le plus grand d'entre eux lorsque nos cœurs rassasiés seront prêts à partir pour toujours.

Nous sommes attirés vers ce square où les amants en liberté peuvent partager leur intimité des corps à corps sans être vus.

Adossés contre le tronc d'un chêne, pendant que nos langues s'unissent nos mains s'empressent de fouiller sous nos vêtements qui ne résistent pas à notre appétit gourmand.

Complices de nos envies, ils se laissent tomber sans bruit, sous la chaleur de ta peau en partie dénudée mes mains tremblantes se précipitent avec impatience et avidité sous ta jupette où je confonds la douceur de ta peau avec celle de la soie de tes jupons,

J'ai pris le bateau de ton corps pour que le mien se consume de sa chaleur, où la mer a la couleur de tes yeux verts.

Quelque peu dénudés, nos yeux fermés, nous cherchons les chemins du plaisir, nos entre-jambes pudiquement entrouverts n'attendent que nos caresses.

Tes yeux mi-clos, le visage apaisé, un petit sourire sur tes lèvres, tu savoures mes caresses dans le silence où seules nos respirations rythment en cadence la promenade de nos doigts, qui parfois, s'entremêlent nerveusement pour ne plus se quitter et nous prévenir de l'arrivé d'un séisme.

Comme sur un 45 tours en vinyle, ils graveront sur un sillon d'or, nos soupirs saccadés .

***

« Aimer à perdre la raison? » Pour ton amour, je me suis perdu avec déraison, mais toujours avec passion.

***

Inconsciemment, plongé sur un nuage aux couleurs diffusent qui reflètent nos images,

Je suis noyé de tes larmes et de tes parfums, je cultive nos odeurs imprégnées au contact de nos corps enlacés.

Perdu dans l'immensité d'un bonheur privilégié, tes grains de beautés ressemblent à des notes de musique dont ton corps est parsemé comme une partition sur laquelle je pianote pour accompagner nos hymnes à l'amour.

Sur ton corps, je pratique aussi la lecture de "Louis", et de façon "Tactile" comme un sourd je "braille','

Pour, de mes doigts, te conter tous les poèmes que tu m'inspire enrichissant mes gammes fredonnées pour toi.

Ainsi notre avenir sera joué sur le clavier de ta chair.

***

Une fumée rose, la Salsa orangée

Ce jour-là, le ciel était orangé : "des rythmes, du sable, des herbes et la mer".

Sur les hauteurs des plages de Rio, les pieds nus dans le sable chaud, au son d'une salsa, ton élégante silhouette m'apparut à moitié dénudée.

Claquant mes doigts en rythme... je te demandais d'enlever le haut.

De ta bouche de velours, les bras levés en chantonnant.... "Litchi kopa Chichi."

Tu envoûtes ce chemin d'herbes folle qui mène à la mer, en me murmurant.« et le bas aussi? »

Je dit oui et pour me plaire ce fut fait, c'est d'un geste rapide tu devins tout-à-coup nue et invisible, tu avais disparu du paysage aux couleurs enchantée.

Seul avec le son de cette salsa endiablée, je rêvais de revoir ton corps qui ondulait sur cette musique composé uniquement pour toi par mon esprit...."Litchi Kopa Chichi"...."des rythmes, du sable, des herbes".

Suivre la traces de tes pieds nus qui mènent à la mer, à l'horizon de celle-ci je percevais ta silhouette.

Pour ne pas oublier cette image floutée par la brume, projetée par une mer déchaînée par des vagues aux lames d'acier qui ont perforé mes yeux.

Je reviendrai danser nu sur cette plage de sable chaud, pour te faire réapparaître.

« Des rythmes, du sable, des herbes »....."Litchi Kopa Chichi"..... Des rythmes, du sable, des herbes et la mer...

***

Des nuits étoilées pour des amours en feu, nous trinquons à l'Amour,
Pour que nos corps, tels des pyromanes, réaniment nos sens.
Le nu est le seul vêtement qu'il nous convient d'avoir pour des caresses lumineuses.
Perdus dans les étoiles nos corps sont à leur image... millénaire.

***

Nous avons fait l'amour sous le regard de Cupidon Fils de Vénus et Dieu de l'Amour.
Il posait des notes de musique sur le rythme de nos va-et-vient, le son de nos respirations faisait écho à une mélodie toujours inassouvie,
Notre faim d'amour était sans limite, durant les jours et les nuits, nos corps ne faisaient qu'un rayon de soleil.

***

La main dans la main pour un voyage avec nos souvenirs, comme le va-et-vient d'un rythme érotique.
Nos regards perdus l'un dans l'autre, nos langues unies pour parcourir le chemin d'Ariane de mille frissons,
Nos bouches qui esquissent un sourire complice de nos libidos vécus.
Nos mains dont les doigts entremêlés, crispés, nerveux recherchent à renouveler nos plaisirs d'antan.

De notre intimité se dégage un parfum d'amour où l'âge de nos corps n'a pas encore dit son dernier mot.

***

Un Corps à Corps

J'ai besoin de ton corps dénudé de toutes ses étoffes pour me fondre dans les pores de ta peau.

Mes paroles d'amour mettent le feu à nos sexes complices d'unisson qui pourraient rendre jaloux les plus grands poètes qui n'existent plus.

Je te parlerai de tes hanches où se posent mes mains, de ton ventre qui donne la vie et de tes seins qui la nourrisse.

Je serai le mendiant de ta bouche gourmande qui m'inspire des goûts de miel érotiques, de tes yeux qui reflètent les rayons d'un soleil ardent qui nous fera germer, encore et encore, des idées toujours nouvelles pour nous aimer.

Tu seras la seule qui pourra violer mon corps et mon âme, je serai ta chose, ta bête soumise à tes caprices d'amour.

Je serai heureux de me satisfaire à tes désirs, tes soupirs m'invitent à parcourir tes parties intimes, la jouissance de nos corps sera la nourriture essentielle de notre vie.

***

En Noir et Blanc

Notre histoire d'amour est née en noir et blanc, mais nos regards ont vu tout en couleurs.

Les heures et les jours m'ont paru des années, avant de pouvoir te dénuder une nuit de pleine lune.

Si tu étais complice pour cette communion, nous aimions aussi écouter ces slows langoureux qui, comme des aimants, rapprochaient nos corps en nous faisant tourner la tête, dans une ronde d'érotisme.

Nos corps qui se frôlaient l'un à l'autre, nos mains gourmandes et impatientes de contourner nos formes, tremblaient d'un plaisir qui nous était autrefois interdit.

Nous sommes les seuls témoins de cet amour qui ne restera pas un secret bien longtemps.

Les yeux fermés, je sentais ton corps défaillir sous mes caresses de plus en plus précises, ta peau avait une odeur d'amande douce.

Je m'enivrais de ce parfum et m'appliquais à satisfaire avec douceur tes envies de ses plaisirs tant attendus, des sons inaudibles sortaient de ta bouche.

De mes caresses, tes jambes se dérobaient sous la jouissance que je te procurais, j'étais satisfait et je pouvais attendre quelques moments de pures émotions, pour à mon tour, enfin, jouir de tes douceurs.

C'était comme une prière à Cupidon, Dieu de l'Amour, qui nous était jusqu'à ce jour inconnue, mais qui depuis est celle que nous récitons pour tous ceux que nous aimons.

***

Quelque peu dénudé dans la pénombre de notre couche,

Nous cherchons le chemin du plaisir, nos jambes discrètement entrouvertes attendent nos caresses,

Tes yeux mi-clos, le visage apaisé un petit sourire sur tes lèvres de velours,

Tu apprécies mes caresses dans un silence où seules nos respirations rythment en cadence la promenade de nos doigts.

Nos doigts, qui parfois s'entremêlent nerveusement pour ne plus se quitter,

Et ainsi nous prévenir de l'arrivée d'un séisme, pour t'envahir... Le mien sera un Tsunami.

***

Le Slow

Le plus beau de tous les slows du monde, c'est celui que ton corps dessine lorsque mes mains se posent sur la courbe de tes hanches. Certains dansent pour se souvenir d'autres pour oublier, moi c'est pour sentir les fibres de ta peau frémir de plaisir, tandis que je m'applique, à guider tes pas.

Les yeux mi-clos, j'imagine tes formes qui ondulent érotiquement au contact de mon corps, tu me regardes furtivement avec un sourire complice, coquin et prometteur, tes yeux scintillent comme des étoiles, ta peau parfumée d'une eau sauvage m'envoûte, me captive et m'enivre pour mieux me dominer.

Je suis réceptif à tes désirs que j'encourage par de

courts baisers sur tes joues, ton cou puis tes lèvres, ton sourire me confirme que tu acceptes et apprécies toutes ces douceurs.

Comme un oiseau en cage, je m'évaderai pour survoler ton univers, ton corps, c'est l'été, c'est l'hiver, c'est chaud, c'est douillet, c'est ma vie, c'est là où je me réfugie lorsque j'ai des angoisses, il me protège, me couve, me câline, me rassure, comme dit le Poète chanteur, « si je vis d'amour, je n'aurais jamais plus de misère ».

Grâce à Dieu, tu seras ma flamme de survie et de prières pour l'éternel, tu seras le nuage rose sur lequel j'irais me confondre pour passer inaperçu de ceux qui jalousent notre amour.

Si tu t'éloignes de moi, il me restera gravé dans mon cœur et mon esprit ton empreinte indélébile, « ainsi soit t-il ».

Dans notre histoire, il y a tant d'émois que tous mes gestes peuvent ouvrir des portes pour être aimé de ton cœur. « Ton visage et ton corps ne m'ont pas laissé d'autre choix que celui de t'aimer ».

Nous passerons des nuits à l'hôtel « California » où nous ferons la fête avec les hôtes, il y aura des miroirs aux murs, nous serons dans une prison de glaces ou le gardien nous dira « vous pouvez partir, mais vous ne pourrez plus sortir » ainsi nous serons prisonniers de ce slow.

SOUVENIRS —

La Rencontre

C'était à Chatenay, un jour de juillet 1966. Ce matin là était différent, le soleil brillait avant même que le jour ne soit levé.

Ton sourire était un arc-en-ciel, mes mains tremblaient au contact des tiennes, ton cœur lui, palpitait au rythme du mien.

Avec toi, les nuits seront des jours et les jours des bouquets de fleurs sauvages.

Ton parfum m'enivre, ton regard me captive, ton sourire est un baiser en couleur.

Je suis ébloui comme un phare en pleine mer, ton souvenir sera gravé dans mon âme.

***

Il y a 50 ans… Au-delà de mon horizon, c'était le vide.

Puis je me suis retourné, tu étais là, à attendre pour me prendre la main.

Le temps a passé trop vite, j'ai encore des milliers de roses rouges à t'offrir.

***

Un regard et tout vas mieux

Le jour de notre rencontre tu m'as tendu la main dans laquelle il y avait une pomme, notre amour était fragile, il m'a fallu lutter contre des regards, des sourires, des convoitises de la part de prétendus rivaux, étant du signe de la Balance, donc sensible aux regards brillants de prétendus courtisans lorsque ceux-ci croisaient le tien, la sentinelle de tous mes instants était à fleur de peau.

Pour me rassurer, je comptais les pommes qu'il y avait dans ton panier : il n'en manquait aucune.

Je craignais de mourir de ces longues journées qui nous séparaient pour ne revivre que les soirs où je te retrouvais.

Là, sagement blotti contre ton corps chaud, j'étais de nouveau rassuré, nous étions seuls et rien ne pouvait m'arriver, te perdre aurait été perdre ma raison de vivre, mon amour pour toi était-il déraisonnable ?

Du matin au soir, tu occupais mon esprit de façon obsessionnelle, c'était comme une maladie, un cancer qui me rongeait avec cruauté et le plaisir de me faire souffrir.

Qui avait ce pouvoir de me condamner à cet amour dévorant?

Après 50 ans de vie commune, je suis enfin rassuré, il ne me reste plus qu'à rêver que tout recommence.

Lorsque nous serons séparés pour toujours, avec mes larmes je t'écrirais des mots d'amour plein d'étoiles. Je t'aime.

Mon livre de chevet

Tu es rentrée dans ma vie un samedi, c'était un jour d'été, ton sourire m'a fredonné un amour ensoleillé, notre histoire d'amour a commencé dans ce foyer où tout c'est figé à l'instant où mes yeux dans tes yeux ont tout vu, l'amour était toi pour moi, et une mélodie qui m'a murmuré dans mon cœur.v« Depuis, tu es devenue mon livre de chevet »

Il me suffit de fermer les yeux et de penser à toi pour que tous mes petits mots d'Amour s'écrivent aussi simplement que s'écoule la rivière provenant''une source.

Chez toi, tout est inspirant, pure, limpide, j'ai faim de ton contact, j'aime tes longs silences après nos instants d'amour où j'ai découvert tes chemins secrets.

Lorsque mes bras t'entourent sous tes soupirs, mes mains gourmandes parcours ta ligne de vie.

Éclose comme une fleur réchauffée par les rayons du soleil après la rosée d'un matin,

Tu es comme la «Passionata» de Guy Marchand, une chanson de haute voltige qui nous entraîne sur un nuage les yeux mi-clos pour une éternité.

Sur toi, le temps n'a pas d'emprise, tu es comme un bouquet de pétales multicolores qui ne fane jamais car tu es cristalline.

Des milliers de chansons ont des paroles qui parlent de toi, je m'en inspire pour t'exprimer mes sentiments par des « je t'aime ».

Pour mes « Petites Histoires à l'Eau de Roses », je n'ai pas peur des pages blanches ni des noires mais seulement d'un vide cruel qui pourrait nous séparer comme une rivière qu'il me faudrait franchir sur un pont de pierre, où l'eau qui s'achemine en dessous reflète ton visage.

Le temps a passé trop vite pour que je puisse tout te dire, mais il a pu faire tant de choses, es-tu toujours à moi ?

Il y a des douleurs qui s'évaporent avec le temps sous la chaleur d'un soleil bien veillant, des regards plus forts que des paroles qui réunissent ceux qui s'aiment où le plus beau reste à venir.

Je t'aime encore et encore et j'ai besoin de ton amour, je t'aime : un verbe inexplicable inventé pour nous.

***

Paroles et Paroles et Paroles

Au gré de mes chansons, je respirais ton parfum, je pressentais ta présence à mes côtés car tu étais là, à m'attendre, lorsque tu m'apparus. Je te prenais la main pour la poser sur ma poitrine afin que tu puisses sentir les battements de mon cœur au rythme du tien. Tu avais deviné que j'étais « le Fils de personne » et que je t'attendais pour enfin ne « vivre que pour le meilleur » et n'aimer que toi. J'étais dans « le pénitencier » de l'amour et ton cœur rythmait « toute la musique que j'aime ». Ta beauté confirme à tous que tu es faite pour être aimée, je crains que tu ne m'oublies pour finalement, comme un fou, « mourir d'amour pour toi ». Je te ferai voyager dans mes rêves les plus improbables, l'amour faisant des miracles nous croirons à chacun d'eux, tu es l'étoile qui scintille, le soleil qui brille, la lune qui illumine nos nuits, tu es l'univers en brillance constante. Pour notre union, j'écrirai nos prénoms sur une plage de sable fin où la marée ne pourra les effacer, je cultiverai des cigales pour chanter notre amour dans l'univers des nuages et du sable chaud. Après l'amour, nos corps parsemés de fleur de sel, nous serons amoureux de nos ombres et jaloux de nos parfums, guidés par un troupeau d'étoiles. Se pourrait-il qu'un jour nous puissions nous demander « que reste-t-il de notre amour ? » Je ne suis plus un orphelin, ton sourire et ton regard me promettent des héritiers, enfin je pourrai jouer le rôle du Père, celui que je n'ai pas eu, ce rôle sera d'autant plus passionnant que n'ayant pas eu d'exemple "le rôle ne sera pas facile". Dans le silence ou dans le bruit, dans la lumière ou dans la nuit, sur terre ou dans les airs. Je t'écrirais cette histoire de mots légers avec une plume sergent-major, souvenirs de nos souvenirs, comme celui où je t'attendais depuis une éternité. *« Je t'aimais, je t'aime et je t'aimerais... »*

***

Toujours 18 ans

J'ai eu 18 ans hier et toi 18 ans demain je t'ai pris par la main et le temps s'est arrêté.

Je suis épris d'amour pour toi, épris de ta silhouette, épris de ton regard et de sa douceur.

J'ai besoin de ton image, de tes 18 ans pour suivre mon chemin et ma vie avec toi.

De ton cœur, tu m'as offert tes sourires, tes regards, tes parfums puis ton corps où tu cultives l'Amour.

Si tu me quittes un jour, seul avec mes larmes, j'irai sur une autre planète où il ne pleut pas pour te cultiver des roses, les plus belles seront à ton image toutes en couleurs.

Au cours de ces années si tu as perdu quelques pétales, ton cœur est resté un bouton de rose.

***

Les yeux mi-clos le casque sur mes oreilles, c'est en boucle que j'écoute « Oblivion » joué à l'accordéon par Tony,

Je suis transporté dans un voyage virtuel où apparaissent tous ceux que j'aime.

Puis sur les pas d'une valse lente, mes vernis noirs glissent comme par magie sur une piste d'ivoire,

Des silhouettes élancées continuent de chercher la perfection musicale pour l'accorder à leur pas,

Les notes parfaites d'un air qui nous entraînent dans un tourbillon sensuel.

J'ouvre les yeux pour me retrouver dans tes bras, tout est enfin réel.

Finalement c'est dans le tourbillon d'un air musical que notre rêve d'amour commence à naître.

***

Le rêve

J'ai vu ton visage sur l'écran d'un cinéma, fermant les yeux j'ai pensé très fort : « I love you ».

Tu as déchiré l'écran pour me prendre par la main en chantant « Hey ! Jo »

Alors nous avons dansé et chanté sur un air des Beatles « Michelle ma Belle, I love you »

De ce jour, je te tiens par la main et je te fredonne : « ne me quitte pas »

Depuis tes regards, tes silences et tes sourires

suffisent aux mots d'amour

Et si j'ai la nostalgie de nos 20 ans, je ne vieillis pas car je t'aime comme au premier jour.

***

Tu m'es apparue mystérieuse comme une île en plein désert, ton regard a perforé mon cœur.

Malgré toi, au fond de tes yeux je lirai tes secrets et je m'abreuverai d'un amour inépuisable,

Ainsi, je deviendrai curieux de tes envies et n'aurai qu'à te nourrir d'amour pour en savoir plus.

***

Je suis le sable chaud sur lequel tu as laissé ton empreinte.

***

Sur un slow joué par notre ami Tony, l'Amour est au rendez-vous « pour céder à son CD »,

Nos pas nous mènent sur les touches nacrées de son accordéon,

Où nos doigts pianotent pour chercher « nos Accords intimes ».

***

Pour avoir le soleil et la lumière de tous les jours dans mon cœur,

Sur ma poitrine, côté gauche, avec une goutte de sang j'ai dessiné ton visage,

Avoir attendu le confort de ton amour, c'était vivre au froid de la solitude.

***

Sur un slow d'accordéon, nos yeux mi-clos, ta tête posée sur mon épaule, nous divaguons sur une piste inconnue.
Les graves et les aigus de l'instrument survolent nos émotions et font frémir nos mains qui, timides, n'osent aller trop loin dans la recherche de caresses inconnues.
Sur cette piste, il n'y a que nous et cet accordéon aux notes magiques et tonalités embaumées d'amour.
Les nuits que l'on se réservent seront aux notes universelles, les plus douces du monde.

***

Sur un mur, j'ai écrit nos histoires d'Amour, la tienne était déjà fleurie, la mienne... depuis longtemps ternie.
Dans la plaine, j'ai cueilli des fleurs pour nous deux les tiennes sont toujours fleuries, les miennes sont fanées depuis longtemps.

***

Naître ce jour-là, à peine les yeux ouverts, je n'ai vu que ton image comme une ombre illuminée.
Mes pleurs d'enfants n'étaient que des complaintes impatientes de t'attendre.

Dès mon premier jour de vie, je t'imagine telle que tu seras 20 ans plus tard le jour de notre rencontre.

Nous avions dans les mains nos aquarelles pour dessiner un amour naissant

Je renaîtrai à chacune de nos fusions aux parfums de chlorophylle.

Jamais je ne mémoriserai tes mots d'amour, pour avoir le plaisir de les réentendre, comme étant nouveaux à chaque fois.

Tout comme j'oublierai tes caresses, pour à chaque fois les apprécier,

J'effacerai de ma mémoire tous mes rêves d'enfant pour ne me souvenir que de toi.

Je prolongerai dans le temps pour tout recommencer,

Au royaume de nos ancêtres, le passé sera notre avenir, je te ferai un jardin de fleurs d'immortelles...

***

Depuis notre rencontre j'ai oublié des jours, sauf le premier.

Seuls nos premiers regards du premier jour sont responsables de ce qui a suivi.

Après une consommation érotique sans modération par nos corps,

Des mots inventés que seul l'amour peut nous avoir inspiré nos rêves s'unissent en silence,

Pour mieux se conjuguer à la perfection de nos courbes clonées.

Ton corps est le mien, et vis-et-versa, la poésie des mots échappée lors de nos étreintes,

Est écrite en vers, le vert étant la couleur de l'espoir d'entretenir un amour immortel.

***

J'ai rêvé que le soleil me chauffait le corps lorsque j'ai ouvert les yeux je n'ai vu que ton visage rayonnant

***

Sur ma poitrine, côté gauche un tatouage, gravé à l'encre de ton sang une Rose signe de la balance dont tu es.
Cette fleur saigne des souvenirs nostalgiques d'amour vécus de façon éphémère.
La main dans la main, le long des chemins de nos quartiers fleuris de nos vingt ans.
La nostalgie de baisers tendres et des flirts sans lendemain qui faisaient battre nos cœurs d'une secrète liberté.
Puis ce fut notre rencontre qui a balayé comme un cyclone tout ce qui nous a précédés nous sommes unis pour faire un long chemin.
Parfois ma mémoire refait le parcours de nos ballades qui étaient toujours à la recherche d'une intimité secrète,
Pour nos caresses pleines de promesses et pour une vie d'amour et de tendresse.

***

Entre nous, nos sentiments ont été aussi légers et infidèles qu'un vol de papillons.
Ils ont parfois voyagé d'un corps à l'autre pour se nourrir d'un pollen qui alimenta nos sens.
Le souffle de ses ailes m'oxygène et parfume ma mémoire de tes odeurs.

***

J'ai vu des milliers de fleurs, tu étais parmi elles.
Je me suis baissé pour te cueillir et te garder pour la vie.

***

J'ai besoin que tes mains parcourent mon corps pour éveiller mon âme
Mon amour pour toi est un voyage sans retour dans les antres de ton corps,
Des auréoles aux couleurs de l'arc-en-ciel parfument les pores de notre peau
Lisse comme des parchemins, sur lesquels s'impriment les pastels uniques de notre univers,
Le portrait de nos héritières que j'observe d'un regard exalté noyé dans l'extase.

***

Le feu dans nos veines, les braises de notre amour se consumeront pour mieux se répandre dans notre mémoire, comme des cendres de paillettes d'or.

***

Il a chanté : « Avec le temps va, tout s'en va...».Et bien non, moi je n'ai rien oublié, avec toi tout s'est passé hier.

***

Oblivion

J'oublierai pour toujours les jours sombres où tu n'étais pas encore auprès de moi.

Quand le bateau de mes rêves arrive à l'horizon, sur le pont j'espère te voir apparaître.

Puis sur un air d'accordéon nous fêterons ce jour où tu as débarqué de ce bateau d'amour.

Sur le quai, le vent se jouait de ta jupette pour faire apparaître tes cuisses de velours satinés,

Discrètement, je les flattais d'une caresse furtive en remerciant Cupidon de t'avoir faite aussi belle.

Notre amour jouera de nos corps comme une mélodie, dont les uniques paroles seront nos soupirs,

Qui rythmeront le va et vient de nos corps, les seules qui sachent lire la vérité des amoureux.

Nous ne nous comprenons que par des soupirs toujours insuffisants.

***

Les pores de ta peau sont comme des gouttes de rosée avec lesquelles je m'abreuve de ta sagesse,

Mon cadeau de Noël c'est toi, mon soleil c'est toi,

mon seul Amour, c'est toujours toi.
 Pour te rester fidèle, j'ai effacé de ma mémoire tous les souvenirs où tu n'existe pas.

***

Depuis tout petit j'ai rêvé de ton image,qui fut pour moi mon karma, le jour de notre rencontre...

***

POUR MA MERE —

Je remercie ce ventre qui m'a porté,
À peine les yeux ouverts, j'ai aimé l'image de ton visage brillant comme une étoile.
Penchée sur moi, j'aperçois ton sourire et tes yeux scintillants.
Ma bouche qui semble mimer la tété, ma soif te réclame l'eau de vie.
De tes larmes au goût acidulé, tu humectes ma bouche pour enfin me désaltérer.
Ton regard chaud comme des braises issu d'un pays lointain m'enveloppe
Comme un voile de soie de couleur fuchsia, notre univers est de toutes les couleurs.
Seuls toi et moi sommes présents, les autres ne sont là que pour témoigner d'un bonheur naissant
Qui apportera telle une flamme posée sur ta poitrine nourrissante, la Vie.
Au rythme de tes chansons et acteurs préférées, je grandirais comme une star dont
Tu m'as d'ailleurs donné le prénom de la plus grande d'entre elles.
Ton fils, Gérard.

***

À ma mère : Si je devais planter une fleur à chaque fois que je pense à toi, la terre ne serait pas assez grande pour faire un jardin.

POUR MES FILLES —

Je voudrais qu'elles sachent...

Nos filles sont les clones de notre Amour, elles se multiplieront à l'infini, l'alchimie de nos ADN ont fait d'elles les plus belles aquarelles contemporaines, nous les avons désirées avec tant d'impatience et d'Amour,

À chaque naissance, j'ai été malade comme si c'était moi qui allais les mettre au monde, elles sont de toutes les couleurs, comme les caméléons, parfois invisibles à cause de la différence de nos générations qui, comme pour tous, créé des incompréhensions.

Souvent leurs silences ont été pour nous des plaintes et des craintes, ne rien savoir est pire que tout.

Pour elles, notre Amour l'un pour l'autre nous a permis de ne pas les perdre, je les aime comme un fou sans avoir jamais su leur dire pourtant elles sont là dans mon esprit, devant moi à chaque instant, autant que leur Maman les trois sont indissociables à ma vie, et puis... Elles nous ont donné de beaux petits-enfants,

Même si je n'ai pas toujours su les comprendre ou les accompagner dans leurs peines et leurs difficultés, je suis fière d'être leur Papa, fier de leur parcours car elles ont su façonner leurs personnalités et leurs différences que Dieu les protège pour l'éternité. Mes filles, je vous aime.

PETITES MAXIMES —

Il y a beaucoup trop de boutons de roses, qui n'ont pas assez d'amour pour être cultivés.

***

J'ai coutume de dire : on fait des enfants par Amour et non pas pour être aimé de ses héritiers.
Je ne suis qu'un géniteur sans majuscule. Attention…   Ce sont ceux qui restent qui ont des regrets.

***

Tout ne peut pas être noir, pour changer les couleurs de la vie, mets du rouge à tes lèvres, du bleu à tes yeux, puis éclaire-nous de ton sourire.

***

Tu es ma pensée de l'été et mon perce-neige de l'hiver…

***

Ton regard, c'est le soleil, tes paroles sont des étoiles, reste dans ma lumière…

***

Il n'y aura pas de fin, nos esprits s'aimeront pour l'éternité.

***

Qui a écrit : « la femme est l'avenir de l'homme ? », c'est Aragon,

Qui a chanté : « la femme est l'avenir de l'homme ? », c'est Jean Ferrat,

Qui a dit : « celui qui n'a pas de femme est dans la m... ? », c'est moi !

***

Ceux qui n'ont souffert de rien, ne peuvent pas apprécier d'être soulagés du mal.

***

À toutes les femmes : lorsque vous pleurez pour ceux que vous aimez, vos larmes sont des perles de rosée qui coulent sur vos visages de pétales.

***

La chair de notre chair nous est chère…

***

Quand on aime, il y a toujours une rose rouge pour le dire.

***

Celui qui n'aime pas les fleurs n'a rien à espérer de l'Amour, il n'a pas d'amour dans son cœur.

***

Un rêve qui ne se réalise jamais, c'est toujours un cauchemar.

***

Si les verres de mes lunettes sont teintés, ce n'est pas uniquement pour me protéger du soleil mais aussi pour ceux qui ne savent pas lire dans mes yeux, alors que d'autres pourraient y lire nos secrets.

***

Le courage c'est agir dans l'urgence, sans prendre le temps de réfléchir.

***

Zapper ceux qui ne nous aiment pas c'est gagner du temps.

***

Enlever les pansements de son Cœur, c'est le soulager de ses douleurs.

***

Deux regards qui brillent se croisent, une étoile passe, un Amour est né…

***

Un Amour perdu, c'est un bouquet de fleurs défraîchies qui croupi dans l'eau.

***

Ta beauté est visible pour tous, ta beauté intérieure n'est visible que pour ceux qui t'aiment.

***

Quand je pense à ceux que j'ai aimés, je n'ai plus le temps de penser à ceux que j'aime pourtant ce sont les mêmes.

***

La plus belle photo nue de la femme que l'on aime c'est le positif d'un négatif.

***

Certains disent que Dieu a tout inventé, je le remercie d'avoir inventé le sentiment d'aimer.

***

Le hasard n'existe pas, il n'y a que des rendez-vous.

***

Le cœur est à l'esprit ce que l'amour est à nos corps.

***

Entre deux êtres les disputes ne sont graves que quand il y a de l'Amour.

L'univers, c'est l'esprit qui nous permet des voyages dans nos souvenirs éphémères.

***

À paraître :

Mon histoire de vie...